KB214429

나는
그냥
내가 좋아!

나는 그냥
내가 좋아!

혀땛은앙꼬와 친구들의
특별할 것 없는
일상 속
귀여운 행복 찾기

글·그림 **꼬맘**

FIKA

차 례

캐릭터 소개 • 008

입장료를 내시오 • 014

앙꼬 머리 위가 최고 • 018

쌍쌍바 • 022

쓴나는 날 • 026

내일 월요일 • 032

텅장 • 036

암것도 하기 싫어 • 038

머리가 복잡할 땐 • 040

200% 맛있지 • 044

30분부터 하는 거야 • 048

속았지 과자 • 052

바람 때문이야 • 058

2등신 • 062

책 읽을 고야 • 068

패쇼니스타 • 072

체력이 바닥 • 076

봄바람 살랑살랑 • 080

1월 1일부터 • 084

옹동이 춤 • 086

+ ANKOKOANKO'S HAPPINESS ITEM • 089

10년 뒤에 보면 • 090

맥시멀리스트 • 094

미니멀리스트 • 100

+ 총량보존의 법칙 • 106

어른 • 108

오늘의 일기 • 112

+ 앙꼬와 퐁이의 만남_퐁이 시점 • 116

+ 앙꼬와 퐁이의 만남_앙꼬 시점 • 118

든든한 보호자 • 120

쪼그르 등장 • 126

쪼그르 소개 • 128

게으름 전파 • 134

여름 옷 준비 • 138

에어컨 • 140

잘하고 싶다 • 144

앙꼬 배 아품 • 150

누가 대신 좀 • 154

+ DDUNGKO'S HAPPINESS ITEM • 157

이건 털 무게 • 158

미워하는 마음 • 162

다이어트 • 166

아침 운동 • 170

오늘은 여기까지 • 174

나눈 최고다 • 176

이게 나인걸 • 182

일어나께 • 186

더움 필쌀기 • 190

꽈쟈꽈쟈 • 194

뱃짤 • 198

앙꼬의 요리 • 202

귀여운 게 최고 • 206

행복 주입 즁 • 210

고난 따위 • 214

보고 싶은데 • 218

오늘도 감사해 • 220

모했다고 금요일 • 226

밤 산책의 맛 • 228

턱에 빵꾸 난 앙꼬 • 234

여행 준비 • 238

여행의 좋은 점 • 244

여행도 좋지만 집이 최고 • 248

빙글빙글 모자 • 252

+ 빙글빙글 모자의 장점 • 256

혼자만의 시간 • 258

쭈그르 도와줘 • 262

+ ZOOGRR'S HAPPINESS ITEM · 267

얼룬 소화돼라 · 268

빵꾸 · 270

나눈 그냥 나 · 274

사과할 줄 안다는 건 · 280

당장 당장 당장 · 284

밤 까기 · 288

낙엽은 바삭바삭 · 292

자연의 섭리 · 296

꿀 · 298

눈이다 · 302

다 좋은 길로 갈 꼬야 · 308

숨 참아 · 312

꼭 붙어 · 316

힘든 날 · 320

일생일대의 고민 · 324

크리스마스 선물 · 328

혀뎒은앙꼬
ANKOKOANKO

혀 짧은 말투와 귀여운 행동이 매력인 사랑스러운 앙꼬.
감정 표현이 풍부한 앙꼬는 언제나 사랑이 가득한
사랑둥이입니다. 항상 밝고 긍정적인 마음으로
가족과 친구들을 행복하게 만들어 준답니다.
옴뇸뇸 맛있는 간식을 먹는 것과 뒹굴뒹굴 누워 있는 것을
좋아하는 앙꼬는 언제든지, 어디서든지 먹고 눕고
뒹굴거릴 준비가 되어 있어요.
포동포동 애교가 가득 찬 앙꼬가 보여주는
귀여운 행복에 빠져보세요!

퐁
PONG

앙꼬가 최고로 애정하는 반려공인 퐁.
언제나 앙꼬 옆에 함께 있어주는
소중한 친구이자 가족입니다.
퐁신퐁신한 앙꼬 머리 위를 좋아하며,
곁에서 앙꼬를 지켜주는 보호자라고 생각하고 있습니다.

뚱꼬
DDUNGKO

항상 쌩난 눈썹을 한 동생 뚱꼬.
쌩쟁이에 뻔뻔한 장난꾸러기지만,
츤츤한 츤데레 모습을 가지고 있습니다.
얄밉지만 속마음은 착해서 도통 미워할 수가 없는
매력을 보여줍니다. 조잘조잘 떠들다가도 가끔씩
빙구 같은 멍충미를 보이는 귀여운 뚱꼬.
맛있는 것 앞에서 바로 온순해지고,
앙꼬가 선물해준 빙글빙글 모자를 좋아합니다.
자존감이 높아서 언제나 스스로 최고라고 생각하는 뚱꼬는,
앙꼬와 쭈그르를 놀리는 재미로
하루하루 행복하게 살아간답니다.

쭈그르

ZOOGRR

등치 큰 내향적인 치타 쭈그르.
세상 순둥한 쭈굴미를 가지고 있으며,
항상 함께하는 꼬리가 가장 친한 소울메이트입니다.
종종 자신감이 떨어져서 쭈굴거릴 때면 책상 밑에 들어가
쭈그려 앉아 있기도 합니다. 평소에는 느긋하지만,
태생이 치타라 달리기가 몹시 빠르답니다.
다만 움직이고 난 뒤엔 금세 지치기 때문에
휴식이 꼭 필요해요! 집 옆에 텃밭을 가꾸며
나중에는 커다란 농장을 갖는
꿈을 가지고 있습니다.

귀여움과 행복은

언제나

어디에나 있어!

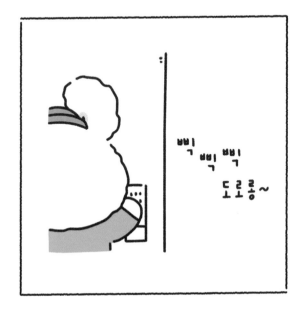

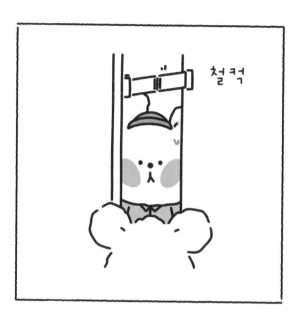

철컥

입장료를
내시오.

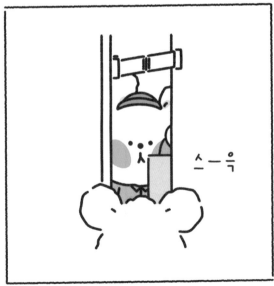

별거 아니지만
요것도 나에게눈 행복인걸?

반짝
반짝

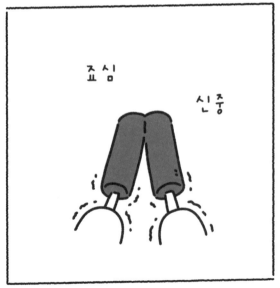

구냥 그런 날이 이따

괜히 씅질나구

괜히 서운하고

어쩜
어쩜

그냥 막
요거도 죠거도
씅나는 날이얌!!

으이쨍..
한숨 자야게써..

후아아아암

이것도 다 지나갈 거야
계속 떠 있을 것 같지만
지나가고 있는 하늘 위에 구름처럼!

코쿄쿄
주말 주말

이불을 깔고오

날씨가 추워질 테니까
패딩도 필요한데..

훗!
이래서 텅장이 된 건가..?

아무것도 안 할래

아무것도 안 할 꾸야 !!!

나도 !!!

머리가 복잡할 땐

생각을 비우니까
머릿속에
떡볶이가 들어오는데..?

...나는 치킨

혼자 먹으니까
100%만큼 맛있어!!!

이이이이이이이이이
저 얄미로운 거..
(부들부들)

오늘은 왠지
다 잘될 것만 같은 하루!

048

속았지 과자

코쿄쿄 성공

와쟉 　 와쟉

다음 날

오늘도 목표물 포착!

쾅!

그론데 다들 키가
완전 크다아아아

우아아아

얼굴도 쪼마나구..!

날씨에는 기억이 담겨 있는 것 같아!

오오
책도 많이 읽구
말도 잘하고
뭔가 지적인 머찐 느낌..!

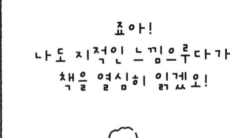

죠아!
나도 지적인 느낌으루다가
책을 열심히 읽겠오!

매일 자기 전에
30분씩만 읽는 고얌!

22:30

집 - 쫑

패쇼니스타

072

깔끔하게
빨아서 입오야징

건조기까지 하면

샤워 샥샥

머찌게 꾸미고오오

흐一뭇

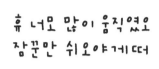

휴 너모 많이 움직였오
잠꾼만 쉬오야게떠

.. 왤케 빨라

모해! 언능 누워

기부니 살랑살랑

떡뽀끼도 살랑살랑

내 마음도 살랑살랑

다이어뜨는 설렁설렁

큰일이야..
나 참 구엽꾸나?

1월 1일부터

짝은 일은 내일부터

쪼끔 큰 일은 월요일부터

쪼굼 더 큰 일은 매월 1일부터

찌이이인짜 중요한 일은
1월 1일부터!

ANKOKOANKO'S HAPPINESS ITEM

감자칩

풍신풍신
쿠션방석

보들보들 잠옷

머쨍이 안경

지금은 큰일 난 것 같고
스트레쓰 받겠찌만

10년 뒤에 오늘을 되돌아보면는
아무것도 아닌 일일 거야

개미똥꾸오줌만큼
별일 아닐껄?

..개미똥꾸오줌만큼?

구러어어엄 !!

풍아 저저저저
구여운 거 쫌 봐바바바
우리를 부르고 이떠!!

이렇게 구여운 걸
안 살 수 없지

안 되겠어!

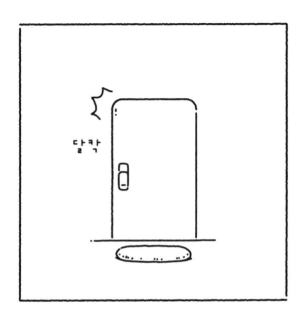

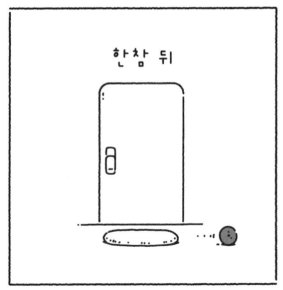

총량보존의 법칙

으오아 구엽다!

호고곡

요기에
넣어 주세요..

계산해
주세요 🌸

구엽다 구엽따 ♡
근데 뭔가
익숙한 것 가튼데 ..

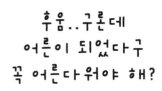

후움..구른데
어른이 되었다구
꼭 어른다워야 해?

나는 와아아안전 나중에
꼬부랑 꼬부랑해져도

요로케 웅둥이 춤 추면서!

씰룩

씰룩

힘들다고 말해도 돼
힘드니까 힘들다고 하는 거지
참내

헤헤

난 오늘도 참 구여웠따

어제도 구여웠는데,

언제까지 구여울 참인지..

이로케 꾸준히 귀엽기도
쉽지 않다!

구로니까 난 참 대단하다!

내일의 나는 더 구엽겠찌?

오늘의 일기 끝! ♥

앙꼬와 퐁이의 만남_퐁이 시점

옆 마을에서 다른 콩들과
함께 살고 있던 퐁

매일 좋은 곳을 찾아
나들이를 다녔었는데

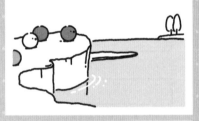

어느날

풀짝

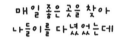

(오아..!)

풀짝

앙꼬와 퐁이의 만남_앙꼬 시점

(나는 앙꼬의 든든한 보호자!)

으   🥺   쓱

(풍신풍신한 앙꼬 옆에서)
보호해줘야 해

오잉 안 아푸네

헤헤

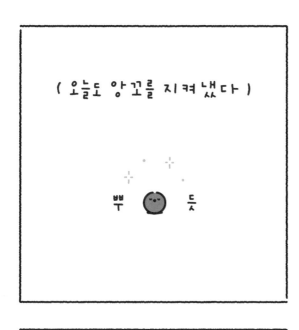

(오늘도 앙꼬를 지켜냈다)

뿌 듯

부들부들

굴러가는 돌멩이 하나에도
웃을 수 있는 우리라서 좋아

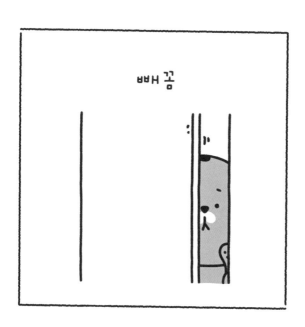

쭈굴..

나는 쭈그르

얘는 나랑 제일 친한
꼬리 친구야

새로운 동네에 와서
낯선데

오디지..

앙꼬랑 퐁이랑 뚱꼬가
죠은 칭구들이 되어 줬어

물론..
나를 놀리는 게
재밌어서인 것 같지..?

오늘의 행복 발견

촙촙
포근한 옷들을 정리하고

구김빠짝 여름 옷을
준비할 때가 되어따!

뾰잉

..구요우니까 괜차나!

헤헹

에어컨

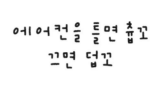

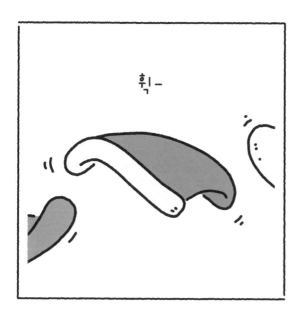

이..이게 아닝데

쭈굴.. 잘하고 싶다

울고 싶으면 마음껏 울어

왜 얼굴에 에에에에 !!!!!!

얘.. 얘두라..

나눈 관리하눈
머찐 치타니까눈 운동도!

집도 뽀송하게
청소해야징!

...근데 왜 벌써 힘든 걸까

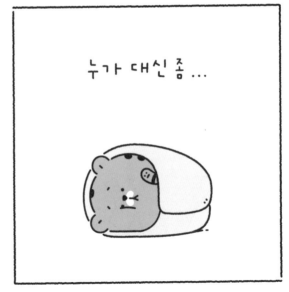

누가 대신 좀...

DDUNGKO'S HAPPINESS ITEM

빙글빙글 모자

맛있는 도너츠

노란 꽃

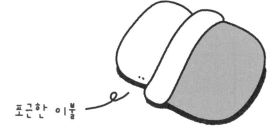

포근한 이불

뺑짤아..
온제 요로케 푸짐해졌니..?

잠꾼 외면했떤
몸무게를..

이거눈 털 무게일 꼬야..

...아닌 것 같은데..

구로니까 미워해서 모해!

내가 좋아하는 거
죠아하기도 바쁜뎁

음...
구래서 어쩔 껀데?
챰내

난 왕 구엽다구

다
이
어
트

아침에 운동도 하구

식단도 열띠미 할 꾸야!

왠지 벌써
살이 빠진 기분인걸..?

배도 쪼끔
들어간 것 같꾸..

구로니까 오늘 마지막으로
맛난 고 먹으까?

우우우우우우우우우!

진짜루 마지막이야

이제 내일부터 매일
아침 운동할 꾸니까

오늘은 일찍 잠들어볼까

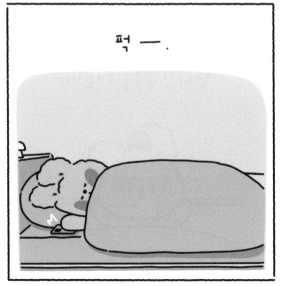

흐오암 잘자따
몇시징 운동을 해보까

흣…

어쩐지
깨운하더라니 ..

맛있네 ..

AM 06:20

철푸덕

AM 06:21

휴 →3 오늘은 요기까지

앞으로는 자신이가 없어지면는
이렇게 세번 외치는 거얌
알겠찌?

웅

나눈 최고

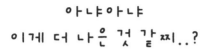

아냐아냐
이게 더 나은 것 같찌..?

아닝가.. 이게 나은감..

고민고민고민고민

...하루종일 고를 꺼늬?
만들어 오겠네 궁시렁 궁시렁

힝 구로게..
나눈 요거 정하눈데 왜
이렇게 오래 고민하눈 고얌..?

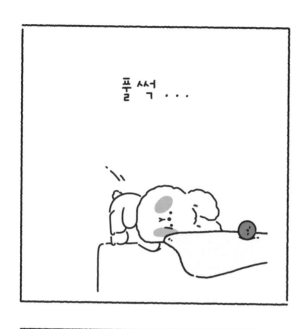

더움 필쌀기

에어컨 온!

선풍기 온!

아이뚝크림 온!

뽀—송

너 몬데!

나? 구염방구

꽈쟈꽈쟈

뱃짤

맛있는 걸 너무 많이
옴뇸뇸 했더니

뱃짤이가 늘어났어..

쭈굴..

이 세상에 쭈그르가
뱃짤만큼 늘어나서 죠아

오늘은 어땠는지
도란도란 이야기하는 이 시간이 참 좋아

웃을수록 웃을 일이 생긴다잖아

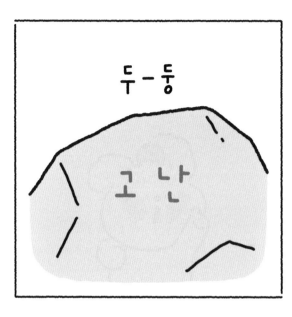

저저저 쪼마난 게!

요로케 쏙
넘어버리면 되지

쪼매난 게 앞길을 막다니
구엽네

별것도 아닌 게

보고 싶은데

보고 싶은데 왜 안 와

도로롱

왔다아아아

오늘도 감사해

220

아까 빵집에
내가 좋아하는 빵이
남아 있어서 감사했오

오늘도 내가
최고로 구여워서
감사하지렁

오늘도 이렇게 같이
도란도란 할 수 있어서
감사하다아

뭔가 쪼구만 일도
다시 생각해 보니
감사한 일이었짜나

구로타면
오늘부터 주말로 치고!

모 먹을찌 생각해보까
(비 ― 장)

228

날씨가 좋아서
밤 산책하기 너모 좋다
꾸치?

바람도 살랑이고

꽃도 있고오

핫도그도 있고오

난 뭘 해도 잘될 애

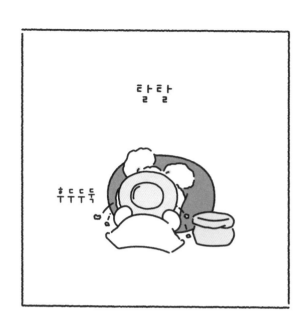

역시 요맘때
기분 전환을 위해서
여행을 한번 가죠야지

요거는
숙소에서 신을 꼬니까
필요하고

이고는
혹시 넘어질 수 있으니까
필요하게찌

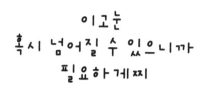

죠아써
이 정도면 되겠찌?

이건 왜 가져가!

만약에 여행하다가
머리가 아프면 어떡해!

역시 여행을 오면는
맛있는 걸 머거야지!

요고도 시키고, 이거랑..
저거도 시켜야만 해!

난리
난리

음뇸뇸뇸뇸뇸뇸

이짜나
여행이 왜 죠은지 알오?

우물우물
왜?

같이 봐서, 같이 먹어서,
함께 여행해서 죠운 고얌

ㅎ－무ㅅ

(쿄쿄쿄 여러 명이 오며는
종류별로 먹어볼 수 이찌렁)

나 잘할 수 있을까..?

당연한 거 묻지마

모야 이게 모자야?
이 돌아가는 건 모야 참내

(쫌 머찐 거 같기도..)

빙글빙글 모자의 장점

첫 번째,
날아갈 수 있따

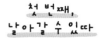

꼬기꼬기꼬기꼬기꼬기

모시랑
꼬기 먹자구?!

두 번째,
쫌 구여워진다

나 쫌 머찐거 같찌

세 번째,

ㅇㅇㅇㅇ ㅣㅇㅣㅇㅣ

ㅇㅣㅇㅣㅇㅣㅇㅣㅇㅣ짝식ㅣㅇㅣㅇㅣㅇㅣ!

쓰냐을 때 열을 식혀준다

쓰 컨트롤 중

...그런데 뭔가
찜찜한 이 기분은 모지..

쿄쿄쿄
편하구만

ZOOGRR'S HAPPINESS ITEM

머찐 꽃꽂이

짐볼

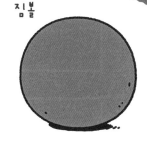

따끈따끈 만두

빵빵이

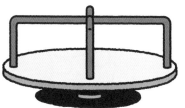

힘든 일 다 덤벼라!
쪼마난 것들이

힝구방구

에잇
쟤들은 쟤들이고
나는 나지!

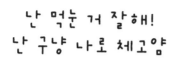

난 먹는 거 잘해!
난 구냥 나로 체고얌

우물우물　　　맛이따

빨리 따와 얘드라
내가 맛있게 먹어쥬게!

아무것도 하기 싫을 때는
아무것도 하지 말자!

사과할 줄 안다는 건

온갖 쓸질낸
뚱꼬에게
삐져 있는 앙꼬

자잘하게 해야 하는 일들을
생각났을 때 바로 해버리면
일들이 쌓이지 않는데!

흠.. 집에 휴지가
떨어졌던데!

밤까기

우오아아아아

이따가 같이 영화 보면서
야금야금 먹어야지!

바사사사사삭

훗

낙엽 소리가 너무..!

자연의 섭리

나무들이 점점
앙상해져 가고오

나눈 점점
뚠뚠해지눈 게

이거슨 역시..

자연의 섭리!

298

맛있고 달달한 귤을
모라고 하눈지 알오?

몬데 ?

후-엥
내가 같이 울어줄게

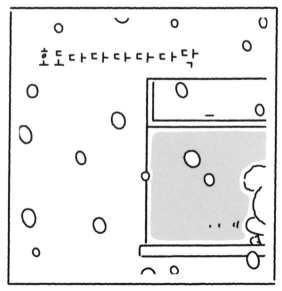

305

꼬ㅡ옥

나중에 지나고 보면,
다 좋은 길로 가게 되려고
요로케 된 걸 거야

급해급해급해!!!

동동동동

언능 일루 와서
빤니 붙어봐!!!

다급

다급

군데 할 게 많은데
못하니까 또 스트레뚜..

힝

먹고 싶은 거 먹눈 게
행복이지

굴 뚤..

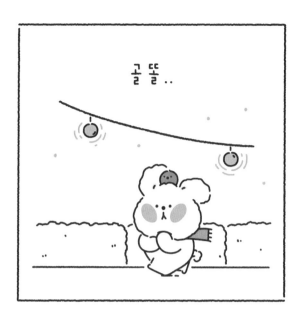

신 중..

붕오빵을 살까..
계란빵을 살까..

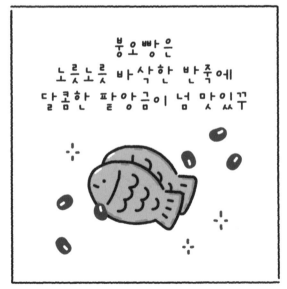

붕오빵은
노릇노릇 바삭한 반죽에
달콤한 팥앙금이 넘 맛이꾸

계란빵은
살짝 달달 촉촉한 빵에
짭짤 꼬소한 계란이
너모 맛있꾸

역시 둘 다 먹어죠야지

크리스마스 선물

산타 할아부지
쌈도 많이 안 내고 (제 기준에는)
친구 놀리는 거두 조금만 한 것 가튼데
크리쓰마스 선물로 많이도 안 바라고
엄청엄청 왕 큰 걸로 기대할게요!

**나는
그냥
내가 좋아!**

1판 1쇄 인쇄	2023년 8월 25일
1판 2쇄 발행	2023년 10월 5일

글·그림	꼬맘

펴낸이	김봉기
출판총괄	임형준
편집	안진숙, 김민정
디자인	호우인
마케팅	선민영

펴낸곳	FIKA[피카]
주소	서울시 서초구 서초대로 77길 55, 9층
전화	02-3476-6656
팩스	02-6203-0551
홈페이지	https://fikabook.io
이메일	book@fikabook.io
등록	2018년 7월 6일 (제2018-000216호)

ISBN	979-11-90299-98-5 03810

피카 출판사는 독자 여러분의 아이디어와 원고 투고를 기다리고 있습니다.
책으로 펴내고 싶은 아이디어나 원고가 있으신 분은 이메일 book@fikabook.io로 보내주세요.